랜 선 너 머
남의집 고양이

-Art by osha-
오샤

6p	-	11p	2021 08 24
12p	-	18p	2021 08 27
19p	-	25p	2021 08 31
26p	-	32p	2021 09 03
33p	-	40p	2021 09 13
41p	-	48p	2021 09 17
49p	-	55p	2021 09 21
56p	-	59p	2021 09 24
60p	-	65p	2021 09 28
66p	-	73p	2021 10 01
74p	-	79p	2021 10 05
80p	-	85p	2021 10 08
86p	-	92p	2021 10 11
93p	-	100p	2021 10 14
101p	-	108p	2021 10 18
109p	-	115p	2021 10 22
116p	-	121p	2021 10 25
122p	-	125p	2021 10 29
126p	-	130p	2021 11 01
131p	-	135p	2021 11 05
136p			2021 11 19
137p	-	139p	2021 11 23
140p	-	141p	2021 11 26
142p	-	145p	2021 11 29
146p	-	148p	2021 12 03
149p	-	152p	2021 12 07

사진의 2차 저작물 작성권을 허가해주신
모든 가장님들께 감사드립니다.

이 책은
꼬미, 호랭이, 마롱, 블루, 토비, 덕구, 하동이, 오즈,
까미, 코코, 호랑, 나루, 밍꾸, 앙, 팡, 나비, 미미, 지지,
깻쯔야, 먼지, 나비, 모모, 참치, 우냥이, 호야, 식이,
까미, 안즈, 엔젤, 윙크, 샤도, 캔디, 고식이, 쎄베나,
참치, 사피, 냐옹이, 리솜, 슈키, 호로, 코코, 슬기,
아리, 아몬드, 상구, 챠코, 밤송이, 숙이, 미르히, 인디,
루이, 아이루, 이애옹, 밸, 이다롱, 구름이, 애옹이,
에코, 토토, 팔호, 삼치@abyssinisn, 호랭이, 시월,
효리, 호랑, 코리, 밈, 빵떡, 쿵이, 폼이, 미주, 사랑이,
깐도리, 산체스, 몬뜨, 하주, 김보들, 흰둥이, 밤송이,
콩이, 페이, 꽁치, 레오, 미니, 칼 리히터 폰 란돌,
파스칼, 밀크, 미오, 봄, 다크, 깐도리, 송이, 토순,
멜, 야부, 쪼꼬, 자두, 토미, 뭉치, 세모, 또제,
김꼬꼬, 김심바, 칠봉, 젬, 말숙이, 별이, 루이, 치카,
나비, 네르, 순대, 탄, 네모, 콩새, 광복이, 삐용,
마초, 토부, 초코, 크림, 모모
그 외 많은 고양이와 함께 만들었으며

집무부장관님과 곰순이의
후원으로 제작하였습니다.

주의 : 본문의 내용과 그림은 전혀 관계가 없으므로
그림 속 고양이에 관하여
오해없으시기를 부탁드립니다.

고양이는 우리집 고양이와
남의집 고양이로 나뉜다.

신기하게도
남의집 고양이는 다 귀엽다.

그리고 저마다
다른 이야기를 가지고 있다.

오늘은 어떤 투닥투닥이

기다리고 있나요?

일어나서 밥달라고 투닥투닥

나가지말라고 투닥투닥

벽지 뜯는다고 투닥투닥

소파 뜯는다고 투닥투닥

전선 끊어먹는다고 투닥투닥

화분 저지레해서 투닥투닥

청소하는데 참견한다고 투닥투닥

모래요정이라서 투닥투닥

발톱 깎느라 투닥투닥

치카치카 시키느라 투닥투닥

빗질한다고 투닥투닥

약 먹인다고 투닥투닥

변비가 와서 투닥투닥

밥투정한다고 투닥투닥

남의 집 자식들은

내식구와 달리 이쁘기만 합니다.

하지만 투닥투닥이 없다면

그건 아마 내 식구가 아닐거에요.

다른 집 식구처럼

고릉고릉 노래를 불러준다거나

무릎에 올라와 준다거나

뽀뽀를 해준다거나

손을 잡게 해준다거나

발라당을 해준다거나

배를 만지게 해준다거나

꾹꾹이를 해준다거나

그루밍을 해준다거나

곁에서 잠들지 않을지라도

분명히 저마다의 방식으로

애정을 표현할겁니다.

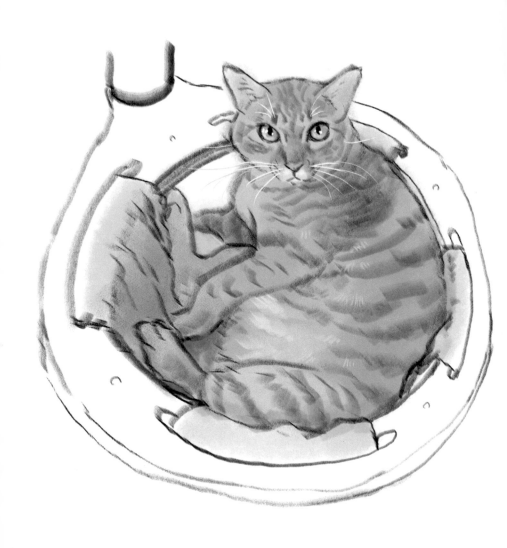

조금 아픈 깨물깨물로

표현할 수도 있지만

할수없죠.

그게 보통의 고양이인걸요.

보통의 고양이는

털을 마구마구 뿌리고 다닙니다.

어쩌면 털속에

행복을 숨겨놓아서

행복을 나눠주기위해

털을 뿌리는 것일지도 모릅니다.

그래서 그렇게도

털을 묻혀주나 봅니다.

아마도 빗질을 싫어하는건

뺏기는 느낌이라 싫어하는지도.

빗질을 싫어하지 않는다구요?

그건 당신이 빗질을 해주기 때문입니다.

고양이와 같이 있지 못해도

잊지마세요.

어딘가 분명히

털 한가닥을 숨겨놓았을 겁니다.

그리고 절대절대

한가닥이 아니라 한움큼 일거에요.

곁에 있지 않아도

고양이가 남겨놓은 이야기들은

숨겨놓은 털처럼

당신의 곁에 있을겁니다.

이야기는 여기까지.

남은 부분은

냥식구와 함께 즐겨주세요.

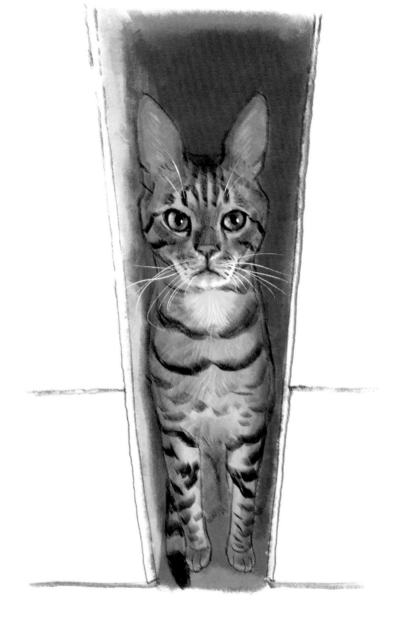

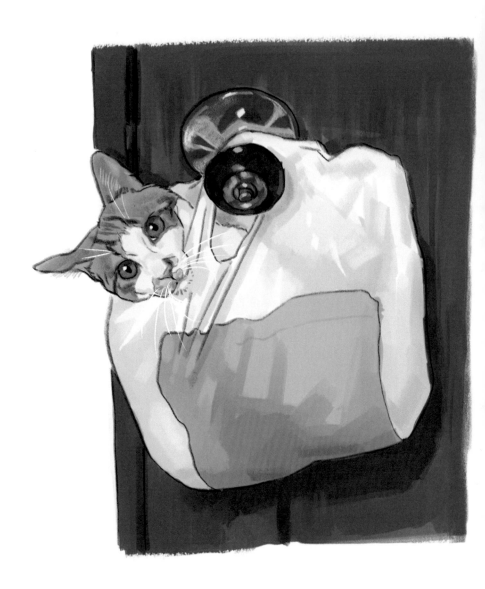

osha

149

152

osha

159

163

osha

164

osha

169

171

Milch

산다는 건 전래동화가 아니기에
언제까지나
행복하게 살았습니다-
라고 끝맺는다면
그건 아마도 '머무름'이 아니라
'멈춤'일겁니다.

우리는 내 고양이를 잘 보내주기 위해
하루하루를 쌓아가고 있는 지도 모릅니다.

신기로운 남의집 고양이의 귀여움을
완벽하게 담아낼 수는 없지만
"오늘도 계속되는 당신과 고양이 이야기"
사이에 슬쩍 매듭 한가닥을
끼워 넣어봅니다.

맺음

남의집 고양이

랜선 너머

지은이   오샤osha
표지,내지 디자인   오샤osha (instagram/osha0707)

발 행   2022년 03월 24일
펴낸이   한건희
펴낸곳   주식회사 부크크
출판사등록   2014.07.15(제2014-16호)
주 소   서울특별시 금천구 가산디지털1로 119 sk트윈타워 A동 305-7호
전 화   1670-8316
E-mail   info@bookk.co.kr

ISBN   979-11-372-7807-3

www.bookk.co.kr
ⓒ 오샤osha 2022